Tantalia

Colección Contemporáneos

Ínfimo Infinito

Ínfimo Infinito

Colección Contemporáneos

| de Mariana Vacs |

Tantalia

Tantalia
Colección Contemporáneos

Dirección editorial
Florencia Abbate - Daniela Allerbon

Diseño y Maquetación
Gimena Yagciyan - Mariela Amandi

Corrección
Fernanda Rodrigo

Prensa y Difusión
Esteban Virgilio Da Ré

© 2006, Editorial Tantalia
info@tantalia.com.ar
www.tantalia.com.ar

ISBN-10: 987-22809-9-1
ISBN-13: 978-987-22809-9-4
Primera edición

Vacs, Mariana
    Ínfimo infinito - 1a ed. - Buenos Aires : Tantalia, 2006.
    84 p. ; 14x20 cm.

    ISBN 987-22809-9-1

    1. Poesía en Español. I. Título
    CDD 861

| índice |

Para el Cholo,
participe necesario
de este resultado.
Con cariño,

MARIANA

14/10/07

Tenía un poema
y lo olvidé.

La escritura me pervierte;
marchitan los silencios la zona
donde tu boca es arena
y mi beso se astilla.

El espacio es sólo una palabra
que aún no fue dicha.

No tengo poemas.
Las palabras estallaron,
lluvia de meteoritos incendia
la casa de fieras.
El viento no destruye el silencio,
lo dilata.

No lo diría,
aun estando muerta. Es tan incierto
el camino, tan leve el rito
que nos sostiene
que prefiero no hablar
de este transcurrir.

Sabiduría de la piedra
que entierra el silencio en el agua.
Cae, vertiente invisible.
Fresco rumor que contagia,
a la mañana.

Poema solitario que huye
de mi mano y canta sin mí.

Soy solo un juglar sin palabras,
una sombra de quien fui.
La musa se hizo carne
y ha dejado el lenguaje de fluir.
Inhabitado,
el aire huye sin canción.

En la mañana desierta, me sueña
un poema; en noches alunadas,
los campos escarchan las palabras,
pero al despertar, desaparecen.

No se duerman, palabras
que tengo algo para decir,
no me abandonen ahora
que los mirasoles
desarman el día.

Detengan el vuelo
que he vuelto.

Decidí quedarme.
Iluminar la página en blanco.
Abandonarla.
Pero sigue vacía.

Nada me nombra,
todo me transforma.
Un silencio es un cerco
y un maleficio
que curva el horizonte.

Si la noche no aparece,
¿Cómo recordar tu sombra de pájaro?,
¿dónde despabilo el cielo?

Que me diga la ausencia
dónde dejé la memoria.

¿Dónde abandoné mi nombre
desde que te extraño?

No es que no entienda,
elijo no hacerlo. El saber
se multiplica como espinas
en el cuerpo del pez.

Te escuché,
y ahora disimulo.

Quiero un poema que sufra.
A pesar de mí.

La hacedora de poemas ha muerto.
¿Podrás soportarme a mí?

II - Paisajes del Nombre

¿Qué puede decir
una manzana?

¿Puede nombrarse
a sí misma sin mentir?

Un abismo
desprende
　　tu nombre
del universo
y lo inventa
como si hubiera
　　arrancado
el cielo;

como si una galaxia
hubiera estallado
en mi boca
se dice
incendio
dragón
serpiente
y se atreve
a olvidarte.

Mi amor crece
como un muerto abandonado,
como los cementerios,
    crece
en los jardines de invierno,
desvergonzado,
crece
cansado
sudando sombras
como globo hinchado,
crece,
    estalla
en escaleras pálidas,
como luna besando mares
    explota
en las paredes,
    me ahoga,
    me condena,
en el incendio último del fuego.

Repetir
    inmenso
      mi nombre
en el vacío.

Repetir
    el nombre
del nombre
hasta que desaparezca.

Repetir la palabra
que me nombra
hasta el vértice del silencio,
hasta donde no me pertenezca,
hasta la muerte del nombre.

Lo único que a veces
me consuela
    es gritar.

Me desprendo de mí
como si fuera
    un maleficio,
leo mi boca en el espejo,
escupe tu nombre.

Río de mi locura:
se invierte en el reflejo.

Veo
    esta sonrisa
      que se asoma
        al límite
    de mi boca
y entiendo:

El suspiro que inundará
mi garganta
    te nombra
como una tormenta
    en medio
de un estallido.

Mi sombra
 no camina
no persigue
 mi paso
  apresurado.

Mi sombra
se ha cansado
de ser
 espejo
  en la condena
del reverso.

En ciertos paseos urbanos,
cuando las lámparas
de la noche
inventan figuras
y los árboles
    se besan,
yo veía la muerte
y temía.

Miraba la espalda
de mi madre
observar mi pequeñez
atolondrada
y sonreír.

La muerte tomaba los cuerpos
y moría sin mí.
Lo otro era saberme sola.

| III - Paisajes del Día |

Mirar la luna sin distraerse
de la vida que circula. Veo:
sangran los árboles cuando
huye la mañana y arrecia
el mediodía. Supongo, cae
también, aquel ángel que
simula el amor y sonríe. Cae
cuando la ola se hace espuma.

Espiaba un pájaro:
limón su pecho escondido;
una hoja sopló el otoño
y me distraje. Desapareció.

Los recuerdos
se hacen río
y los días son
vacas infinitas
que pastan
en otro gesto
confuso de tu ausencia.

Un disfraz de árbol ha sido
abandonado en la tormenta.
Nadie lo reclama,
insultan su alma muerta,
que descree de su forma
y se dispersa.

Solo los pájaros
desorientan su regreso y se pierden.

La rosa del desierto
suspira por ser piedra.
Impenetrable,
arena,
en ausencia de pétalos
donde sumar lamentos
suspira,
herida de cielo.

Si te beso, con boca de fuego,
será dragón quien doblegue
mis pensamientos.

Flores silvestres, que mecen la tarde
en la espera cansina del viento.

Tal vez el beso fue violado
por el viento. Mal hago al ahogar
tu vuelo en mi boca. ¿Dónde
podrá descansar el pájaro
si se incendia el nido?

IV - Paisajes Tardíos

Entre arenas desiertas,
nado; las huellas confunden
el rito cansado del cielo
con los ojos cerrados del océano.

Son montañas invertidas
las nubes que me miran,
se desparraman en el cielo
inventando sombras oscuras,
cordilleras estranguladas
que gritan en el espacio ausente.

Volcanes, bocas de dragón,
se hacen espuma y océano desierto.
No vienen a mí.
Igual les temo.

Piedras blancas, heridas,
violentas, regresan al instante
donde el mundo era de otros;
cicatrices que se hunden
en el paso del agua buena
y cambian el color del silencio.

Piedras calientes, blandas, sutiles;
anidan pájaros en el atardecer
de un cuenco robado.

¿Ves el ojo del día
salpicando el cielo?
En el horizonte, la boca
del siglo, se hace fuego.

La cordillera le da sus senos
al sol para que los ríos descansen;
sonríe la noche, roja
en la espera que acecha,
los labios del mundo sospechan,
del canto inmediato, el incendio.

Donde duerme el día,
el cuerpo confunde
el espacio con silencios.

En el sembrado adormecido
golondrinas simulan
la impaciencia del verano.
El vértigo ensancha al girasol
y modula la noche.

En el rojo misterio del cielo,
la ilusión de un sol que ya se fue.

El horizonte se persigna,
como si fuera el sol
un incendio.

Los girasoles agachan el día,
la noche se ilumina
sola.

Una lámpara mece,
apenas,
el silencio.

Luna que lame el incendio
del horizonte. Tan blanca,
tan sola, tan muerta.

No es ceniza la que sobrevuela
este río. Son pájaros pintados
los que se desintegran.

| **V** - Oscurecer Temprano |

Cae la noche. Redonda
su luna celeste mece
el campo. Salada la sombra
que suena en el río,
cansada la ola
que marea el camino.

Cae el muelle mientras agito
un pañuelo, cae el día
mientras agito la noche.

¿Dónde dejé el beso que te debía?

Violentas rosas
en el suicidio que consume el borde
del eco.

Un episodio que deshoja el vértigo,
el incendio,
las campanas marchitas.

Mientras el sol se derrumba en la colina,
se convierte, el silencio, en presencia
y espanta.

Los oídos se colman de nada. Siguen
estáticos los cardones. Desaparece,
el viento en la quebrada y la tarde calla
su presencia.

Aturde.

Cuando el horizonte
deje de sangrar
me convertiré
en tu sombra
    y obligaré
a la luna a vigilar redonda
los dedos
de la noche
hundidos en tu nombre.

Galopan en el desierto rojo,
caballos de invierno marchito,
¿no ven que mi amor se ha ido?

Mareado como un pájaro,
muerde la luna un perro;
araña la noche
vestida de agua.

Preña las flores su alarido,
el número dibuja
de tu muerte. Quisiera
desgarrar el cielo y traerte.

La luna abrió un minuto
ciego, que enrojece
su vergüenza en el río.

Envuelta en vueltas
me mira,
con su herradura
martillada en el cielo.

Mis oídos –
silencios que transcurren
en el río.

Sordos los pájaros, sordas
las espuelas
que me obligan.

Rueda la luna en su tibia línea;
el río espeja su cintura preñada.

A la sombra de la noche,
adelgaza el agua.

Se agitan los lamentos
de campanarios rotos.

No me oculté del pájaro
que gritaba en la puerta,
pero hay un misterio que me arrastra
como clavos de iglesia.

Ahora un murmullo,
casi una baba atormentada,
golpea mi ventana.

Dejó de ser oruga,
pero no es serenidad.

| **VI** - Velada |

Espacio cotidiano:
la vela quemándose sola,
la nota en la heladera,
un dinosaurio que resbala
en la pantalla.

El agua que cala las noches,
y tu ausencia.

Vigilo el silencio de tu pelo.

Por si vuelves antes a mí,
por si no vuelves,
por si te vas.

Supongo que es amor,
amor perdido.

Tu voz, un eco deforme;
escucho mi propia palabra
cuando te digo que extraño,
y se repite tantas veces,
que me creo que vos también.

Lamento que el espacio
condene al tiempo.

El dolor
- después de tu partida -
tiene la extensión de la noche.

Sólo el ausente
sabe que se repite
infinitamente
en mi olvido.

La vela ardió;

sola, en su oscuridad,
ya no teme que el fuego
la consuma.

La brevedad del infinito
consume el grito de la vela
que disolvió la noche.

VII - Albada

Mi pelo aulla en la noche
triste.
Otra vez mis zapatos
desiertos, mis orejas.
Desierto el cielo,
la lluvia muerta.

El viento confunde las hojas
con golondrinas.
¿A dónde habrá quedado tanto otoño
convertido en ventisca?

Un golpe de viento, en mi ventana
se detuvo;
le grito,

y se espanta.

Por vengarse,
– ¡Indómito soplo asesino! –
agita un barrilete amarillo
de mi infancia,
que inquieta su caña.

Con voz de lluvia
el viento aúlla, quiebran
mis manos el invierno.

Partió la noche,
partió la madrugada.

Ya no alcanzan
a consolarme
las canciones que caen
desde los árboles.

Desembarca leve el viento
en el silencio de la puna.
Ni siquiera los suspiros
tienen volumen en la inmensidad.
Tu palabra no es un desierto;

se huele, lejos.

Tu cuerpo se hace espina
en mi boca.
Sangra el pelo y no es incendio,
no es dragón el que me quema.

Nada más calmo que tu vientre.

Nada calmo tu vientre
- en la aguada -
pero sin mí.

Cuando la noche cae
el cielo desatiende sus ruegos.
Espera luminosa
de que la mañana se incline.

Los silencios aceptan
su muerte y musitan
junto al pájaro oscuro
que el amanecer bautiza.

No hay protesta.
El saber es redondo,
como su regreso.

Dudo. La sonrisa no está quieta,
ni siquiera existe. Mi piel
es papel que se empolva de muerte;
inflama, el sentido, tu ausencia;

ya no sé si existías.
Tal vez no había nadie antes de esta soledad.

Entrada al reino de la palabra poética

1. Notas para una posible genealogía

Este primer libro de Mariana Vacs, *Ínfimo infinito*, es muchos libros: reúne poemas que fueron escritos a lo largo de casi dos décadas. Sorprende en esta obra la conjunción armoniosa de una poética neorromántica, una imaginación contemporánea y un tono clásico. La primera, ligada a una condensación extrema, como también a un repertorio restringido y obsesivamente recurrente de vocablos que no admiten sinonimia, proviene de la influencia de Alejandra Pizarnik; influencia que luego se vio atemperada por la lectura de los clásicos latinos y chinos que le recomendara su maestro Hugo Padeletti. La decisión de reducir el verso a lo esencial procede así, en la poesía de Mariana Vacs, de tres o cuatro vertientes: la síntesis lírica de Pizarnik; el epigrama clásico, especialmente el satírico — Marcial et alt.—; sus versiones modernas, como el laconismo metafísico de Ungaretti, y de Emily Dickinson y el imagismo norteamericano de William Carlos Williams. Por su obsesión inicial con lo imposible del decir, cabe señalar en un primer período ciertas coincidencias casuales con el santafesino Manuel Inchauspe.

Se suma así esta poesía, un poco sin proponérselo, a una tradición regional de búsqueda de la brevedad fulgurante; búsqueda que no por trabajada en lo formal se deslinda de la verdad subjetiva de la experiencia, y algunos de cuyos representantes —a los cuales esta poesía se asemeja solo accidentalmente— son los "Poemas del gran río" de Felipe Aldana, algunas obras de Beatriz Vallejos y más recientemente las de Edgardo Zotto. Pero a diferencia de la instantaneidad pictórica y absoluta de Vallejos, Vacs mitifica uno por uno los diversos elementos del paisaje, humanizándolos; sus metáforas fundan cosmogonías y despliegan un relato situado en un "espacio mítico esencial"[1] cuyo dinamismo evoca las intensas imágenes de algunos poemas de Olga Orozco, una de sus influencias.

2. Los trabajos, las noches y los días

Este libro está ordenado en siete secciones, que responden muy aproximadamente a una secuencia cronológica, y más precisamente a la decisión de trazar un recorrido.

Al comienzo se halla el mutismo balbuceante del querer y no poder decir; la palabra consigue surgir en el transcurso de la búsqueda imposible del nombre propio. Luego, con el correr de la tarde y de la noche, se atraviesan una serie de avatares del verbo, que van construyendo un espacio mítico para la presencia; se asume al fin la ausencia, y se desemboca en una nueva calidad del silencio.

En la primera parte, "Silencio del viento", los poemas se debaten en los umbrales de la enunciación, a la espera de "una palabra / que aún no fue dicha" o que hubiera podido decirse: "Tenía un poema / y lo olvidé". El silencio no es total: lo habitan rumores, transcursos, minuciosas catástrofes —"mi beso se astilla"— que provisoriamente nombran la imposibilidad de articularlo. Esta poética está atravesada por la conciencia de esta época y por su saber sobre la incertidumbre en torno al yo como origen del discurso, a la vez

---

1 "A menudo, se ha ubicado a Olga Orozco dentro de la 'generación del cuarenta' y se la ha vinculado con el neorromanticismo por su sensibilidad, por el tono elegíaco y melancólico de sus versos, por el lirismo de corte existencial y la recurrencia del pasado y la infancia concebida como un espacio mítico esencial," (Patricia Calabrese, "Dossier Orozco", *Revista cultural Asterión XXI*, número 8.)

que renueva la tradición romántica antes que renegar de ella sin más. Por eso, en estos poemas iniciales de Mariana Vacs, el decir poético no está dado, sino que es preciso invocarlo, tener fe en que no fracase: "No se duerman, palabras, que tengo algo para decir". Plegaria profana que le hace eco al comienzo de la epopeya en Homero: "Cuéntame, Musa...". En ninguno de los dos casos la posibilidad de decir depende exclusivamente de quien dice, y en ambos es el resultado de una negociación exitosa con algún aliento o numen; algo, en suma, del orden de lo otro, que habita en el lenguaje.

Este carácter numinoso de las palabras aún no dichas encuentra su reverso en que, una vez capturadas en el poema, las palabras se convierten en cosas. Los sucesivos textos van tramando un repertorio de obsesiones que al mismo tiempo constituye una colección de talismanes, emblemas, palabras-fetiche resistentes a la circulación metonímica del sinónimo. Es que no hay sinonimia posible cuando ningún concepto preciso preexiste a sus nombres, porque el sentido del poema es vaga experiencia inarticulada hasta que lo captan las redes de su forma.

Cuenta un descendiente de los hermanos Jacob Joseph y Jean François Champollion que este último, al estudiar la piedra de Rosetta, pudo empezar a descifrarla cuando descubrió que los jeroglíficos inscriptos en cartuchos eran los nombres propios de los reyes. Ese grado de anclaje le reclaman los poemas de la segunda sección de este libro a un nombre que nunca será idéntico a una cosa, a un nombre que no cesa de ser una palabra y cuyo devenir real es imposible: un nombre propio que no enloquece ni accede a la sacralidad.

Estos "paisajes del nombre", insisten en versos de una sola palabra, percutiendo por desasirse de la sintaxis; los atormenta la conciencia demasiado lúcida de que su condición de palabra condena al nombre, siquiera en parte, a la arbitrariedad convencional de todo lenguaje. Como en la aventura del egiptólogo de Napoleón, aquí la pregunta por el nombre propio horada un vacío que abre la posibilidad de hablar.

Porque además, al renunciar a la fascinación con la muerte, al correrse de la fijeza del encuentro cara a cara con lo irrepresentable, se le habilita al habla —mezclada ahora con el mundo— el poder de representar: "La muerte tomaba los cuerpos / y moría sin mí".

La representación, al comienzo de la sección tercera, "paisajes del día", se abre con dos verbos inaugurales: "mirar" y "veo". Lo que sigue, en esta sección y las sucesivas, es un libro de horas que comienza hacia el fin de la mañana —la mañana, a los fines poéticos de este libro, es muda— y culmina al alba. En el medio está la tarde, con sus luces doradas y sus crepúsculos de sangre; y luego por supuesto viene la noche, hora lunar del amor o de la ausencia, o de ambos. La tarde y la noche, para esta poesía, son las horas en que se hace posible la palabra.

Pero se trata ahora de palabras que no quedan atadas a un significado unívoco. Algunas pertenecen a la tradición poética romántica; otras —menos— al habla contemporánea. Pero casi todas ellas son palabras cuyo sentido fluirá según los deslizamientos propios de la metonimia y de la metáfora, al punto de convertir a veces la imagen secundaria en principal: "los días son / vacas infinitas / que pastan / en otro gesto / confuso de tu ausencia". Las cosas de la naturaleza —"un disfraz de árbol"—, "la rosa del desierto" podrían o no constituir alegorías de la experiencia del alma: en todo caso, no parece haber distancia alguna entre el alma y el mundo. Al color amarillo del pecho de un pájaro se lo nombrará como "limón" y cierto leve y saludable grado de hermetismo dejará a algunas de las referencias en el más sugestivo de los enigmas.

Estos "paisajes del día" son extraños y ambiguos; en cambio, los siguientes "paisajes tardíos", que forman la sección cuarta, adquieren la consistencia narrativa cierta de una cosmogonía mítica. Las cenizas, las cosas naturales, los relieves geográficos realizan acciones tremendas o piadosas, siempre magníficas: "Piedras blancas, heridas / violentas, regresan al instante / donde el mundo era de otros"; "La cordillera le da sus senos / al sol para que los ríos descansen"; "El horizonte se persigna"; "Son pájaros pintados / los que se desintegran".

A medida que gana en coherencia el universo representado, crecen también la cohesión de la prosodia y la solvencia de su música.

La quinta sección, "Oscurecer temprano" relata el desdibujamiento de los contornos del mundo, y el retorno de los misterios: la ausencia, la presencia, la muerte, el nombre. Queda en pie en lo alto de la penumbra del anochecer, reinante, la imagen de la luna.

"Velada", la sección sexta, inaugura un ámbito doméstico, cuyo tiempo transcurre —literalmente— mientras arde una vela. El amor como incertidumbre, como dolor, como ausencia, es tan recurrente en esta serie de poemas brevísimos que la imagen de la vela se anima y se carga de un simbolismo casi autorreferencial. Al fin, disuelta en la noche, no deja dudas...

Culmina el libro al final de la noche. Esta sección séptima, "Albada" —a diferencia del subgénero aludido en su título, que remitía al alba como un comienzo—, está signada por la plenitud de la ausencia y la consiguiente renuncia a la palabra, al no tener a quién ni por qué decir más.

En suma, se trata de un primer libro de una madurez asombrosa. Mariana Vacs lo ha escrito al límite de una lucidez tan extrema que reclama silencio, pero donde la palabra logra al fin abrirse paso como un rayo fulgurante y certero.

Beatriz Vignoli
Rosario, agosto de 2006

Este libro se terminó de imprimir en el mes
de septiembre de 2006 en Nuevo Offset,
Viel 1444, Ciudad de Buenos Aires,
República Argentina.